周月亮文集

在别人家的院子里

周月亮　著

常快乐真功夫

周月亮

中国科学技术出版社

·北　京·

图书在版编目（CIP）数据

在别人家的院子里 / 周月亮著. -- 北京：中国科
学技术出版社，2024.1
（周月亮文集）
ISBN 978-7-5236-0414-4

Ⅰ.①在… Ⅱ.①周… Ⅲ.①散文集－中国－当代
Ⅳ.①I267

中国国家版本馆CIP数据核字（2024）第003888号

总 策 划	秦德继	
策划编辑	周少敏	胡 怡
责任编辑	胡 怡 赵 耀	
封面设计	余 微	
正文设计	王 丹	
责任校对	吕传新 焦 宁 邓雪梅 张晓莉	
责任印制	马宇晨	

出　　版	中国科学技术出版社
发　　行	中国科学技术出版社有限公司发行部
地　　址	北京市海淀区中关村南大街16号
邮　　编	100081
发行电话	010-62173865
传　　真	010-62173081
网　　址	http://www.cspbooks.com.cn

开　　本	880mm×1230mm 1/32
字　　数	1936千字
印　　张	86.25
版　　次	2024年1月第1版
印　　次	2024年1月第1次印刷
印　　刷	北京世纪恒宇印刷有限公司
书　　号	ISBN 978-7-5236-0414-4/I·83
定　　价	498.00元（全11册）

周月亮

河北涞源人，中国传媒大学学术委员会委员，阳明书院院长、教授、博士生导师。

另有心学、智术系列著作分别汇刊。

自序：误解与希望

世代如落叶。代代人大多乱七八糟地活、稀里糊涂地死，少数坚持明白地活、尊严地死。反思其中的滋味，留下悲欣交集的辞章，后人的解读不过拾几片落叶。后之视今如今之视昔，这条精神链扭结着误解与希望。误解如秋风中的落叶，希望如落叶中的秋风；误解如烦恼，希望如菩提；误解如无明，希望如净土。谁能转烦恼成菩提？谁的误解即希望？恐怕差不多的人的希望却是误解吧。尽管如此，留下的落叶，好生看取也有雪泥鸿爪。

《孔学儒术》中，儒术的精要可用"中而因通"来简括："中"是"执两用中"的"中"，儒家的中庸与释家的中观目的不同，道理相通。"而"是"奇而正、虚而实"的"而"，其哲学要义在"一与不一"，是对付悖论的最好的智慧，不"而"则不能"中"。"因导果"是世间出世间的总账，"因"字诀最普适的妙用是引进落空。不通不是道，通道必简。化而通之概括了"因"的意义，通则久。

《〈水浒〉智局》透析了《水浒传》中智慧、权力、暴力的关系：函三为一、一分为三，合则为局、析则为戾。水浒人此处放火、彼处杀人之朴刀杆棒生意串成江湖版的《孙子兵法》。宋江能够统豺虎是"阴制阳"，梁山好汉被朝廷赚了也是"阴制阳"。阴为何物？直教一百零八好汉生死相许！

《性命之学》以性命作为重估文人价值的标准和依据。穿透了虚文世界曲折的遮蔽，才能探讨人自身的性命下落。性命之学由心性谱写。近世让人心酸眼亮的"心性"有王阳明、李卓吾、唐伯虎、曹雪芹、龚自珍、鲁迅等，他们是塔尖。他们提得住心，所以他们的心性剧有声有色。

《〈儒林外史〉士文化研究》提取了《儒林外史》展示出的贤人困境、奇人歧路、名士风流、八股士的愚痴等士子型范；在封建时代，士文化的根被教育败坏了。用教育来反教育，是古代中国士文化传统的一部分。

《儒林外史》中每一张脸都是一座碉堡，文学人物是现实人格的象征，《〈儒林外史〉人物品鉴》透视封建时期士人"没出息"的活法、自己骗自己的文化姿态，以及他们无路可走的"不在乎"的无奈。最窝囊的是，当时的文人说不出一句明心见性的话。

《王阳明传》呼吁善良出能力来：对人仁从而鉴空衡平、爱"爱心"而天良发现。良知顿现，难事易办。心学是意术，是感觉化的思想、哲学化的艺术，是修炼心之行动力的功夫学、成功学。致良知教世人柔心成真人。

现象即本体，影视通巫术，方法须直觉，效果靠博弈：《电影现象学》旨在使影视艺术能有自己的本体论、方法论。

文化即传播，只要一"化"就有传播在焉。我几千年文明古国，锦绣江山，传播玉成。《文化传播》写的是文化的传播即传播的文化。

《揉心学词条》想总结误解发生的思维机制（意向三歧性）、误解发生的心理机制（欲望三重化）、误解发生的语言机制（言语的三不性）、误解发生的行为机制（互动反馈误差扩大），想建立"误解诊疗术"，但只是沙上涂鸦，更似煮沙成饭。

家，是移情的作品。院子是境，也是景。情景交融，在美学上值得夸耀，在生活中是不得不做的事情。"我"寄寓于别人家院子，像小件寄存一样。《在别人家的院子里》是我印象深刻的生活经历。

刺刺不休十一卷，诚不足称之为著作，只是我造句几十年的一个坟丘（另有百万虚构类文字已被风吹）。其中包着误解，也含着希望。误解，是人自我活埋的本能。希望，是人自我生成的器官。"我"因对希望心不诚而自我活埋着。

最后，我满怀深情却文不对题地抄几则卡夫卡的箴言：

> 生的快乐不是生命本身的，而是我们向更高生活境界上升前的恐惧；生的痛苦不是生命本身的，而是那种恐惧引起的我们的自我折磨。

它（谦卑）是真正的祈祷语言……人际关系是祈祷关系，与自己的关系是进取关系。从祈祷中汲取进取的力量。

生命开端的两个任务：不断缩小你的圈子和再三检查你自己是否躲在你的圈子之外的什么地方。

2023 年秋

目　录

第一章　红园家

遗忘完全可以是记忆的一种深沉的形式。

——博尔赫斯《私人藏书》

在我 1978 年离开涞源前,我们家一直"窜房檐"——租房住。我生在徐家,他家的男孩成了我第一个朋友,我两岁的时候搬到苏家,房东夫妇都双目失明,据村里人说,那个房东大伯算卦相当灵验。

我们那一片,名字叫"红园"的比较多,而我对这个世界的直接有效的记忆,是从"红园家"开始的。

"这里"早已不复存在,变成了"向阳小区",我的记忆何时才能变成"向阳小区"呢?今生是不可能了。记忆虽然会"改组",但"向阳"是大多数人的事情,我是"背阳"的,我的名字命定了我这"背阳之旅"。

这没什么不好。向阳的是政治经济,背阳的是文化美学。

小称心

我的儿时玩伴"小称心"非常热心、善良,心眼软。某次我去打茬子(一种农事活动),过午,还没有到家,他居然接我到土疙瘩。

我们常常一起去打茬子,他给我讲的一些故事总充满性联想。他的话至今言犹在耳只是难见诸笔墨,不是因为不雅,是许多字,电脑里没有。那是我受到的最早的性启蒙。他虽只比我大两岁,但因是纯粹的农民娃，有农村文化。

他住西房，是他家的；我住上房，是租的。十来岁的男孩，再好、再心眼软，也难免要打架。那架打得很动人，因为真诚、淳朴。一次，我俩打得都哭了，我被我父母骂回家，然而听他俩暗暗笑语，大意是我没吃亏，我有脾气。还有一次，他被我摔倒，好像都没有恼，他二姐示意他先回屋，她给了我一巴掌后转身插门；素有"磨天黑"之称的我二姐，愤然一下子推断了他家的门插官（门闩）。就好像李广在右北平（据我考证即涞源）巡逻，突见猛虎，一箭射出，"簇没石"，后来，单射那块石头，怎么也不能"簇没石"了。比我大四岁的二姐平时是无论如何推不断那门插官的。从那好像半个月没有说话。

后来，我搬走了。后来，他当兵，我念书。

我上研究生的时候，放假回家，听见门口吆喝："豆腐，豆腐来。"父亲说是小称心，天天来，不买不走的。本来我在家，买东西跑小脚的事当然是我，但我不好意思出去，说不上来的不好意思。

我这篇小文单写他，但我知道他看不到，发表于《涞源专刊》，他也看不到。

他父早死母多病，没念几年书，但娶了个高中生媳妇，是我一中的同学，比我低一年级。

房东大伯

房东大伯姓马。

我在"红园家"院子里，目睹了小称心他爹、老刘大伯的死，还有老马大伯、红园他爹的死。马大伯临近中午死的，红园蹲在院子里哭。下午，我要去上学，红园止住哭，让我帮他跟老师请假。我很意外：还顾得上这？

马大伯跟我讲睡扁担可以练就一跺脚就能上房的轻功。我恨我们家连个扁担也没有，因为我们都小，只能抬水，是置办不到扁担的。他讲每晚子时，站在井口，往下冲拳一百下，连练百夜，井里的水会哗哗作响，再练水会随拳而上，我既兴奋又虔诚地约二哥一起来练，他抿嘴笑了笑，我这"百步穿水功"就这样泡了汤。

一年秋天，我打茬子，踩到了窗沿下，他难得一笑："是小子不吃十年闲饭。"我妈说，他才 8 岁。现在想来，他是想他儿子红园了，他的老伴领着儿子在东北大女儿家。他本是一个乡供销社的职工，因为一些原因被开除了公职。我后来看《三言》中屡说不烦的"窥见渊鱼者不祥，洞见隐匿者遭殃"，就总是想起他，屡验不爽。曾有那么一段时间，在父母不在家的日子里，我们姐弟四人都眼直脸黄，没谁哭出来。他其实是我们的"大伴"。五间上房，他住西头，我们住东头。有一次，记不得为啥了，我们这边哭哭闹闹，他撩开门帘：你们再这样，另找房吧。在我的记忆中，这是他唯一的一次撺房。房租，我记得从每月三块五涨到搬走前的五块，九年，这个涨幅小得惊人。

父母在时，我觉得他最亲的时候，是他过来拉架。我当时就总结出，每够一个月了，父母就该大吵了。有两次，若没他拉着，可能会出后果。有一次，他总不出现，我就一个劲儿地大哭，我爸说我在叫人，要用砖拍我。

他有一次笑着说：不用看，就能知道他婶子（指我妈）是在炕

上，还是在地下，听她不是骂这个就是唠叨那个，那是在地下干活
儿呢。他还说过我妈过日子不会计划。

他没有右脚的跟骨，我以为是练功夫练的，他苦笑，是用脚踹
劈柴，闪的。这是我那样踹劈柴时，他纠正我，现身说法告诉我。
他特别反对过年放鞭炮，因为他小时候放炮，烧着了上关一幢小木
楼，他们家还赔了人家一个。我上小学时，为防地震，我们在那个
小楼的二层从夏天念到了秋天，后来这楼属于国家了。

舅姥姥

我们小时候，要问最亲的人是谁？我们四个会异口同声地说：
"舅姥姥。"二哥和二姐也许会在心里加上各自的奶娘。

大姐念书一直很难得老师表扬。有一次放学，她连哭带笑地说
她的作文被老师作为范文念给了班里的学生听，题目是《我的舅姥
姥》。我现在恍惚记得当时觉得大姐写得不够好：只说了舅姥姥 9
岁当童养媳、26 岁守寡的艰辛，还有她的勤劳和善良。

舅姥姥在红园家院子里住了不到一年，我亲历的只剩下两个细
节，一回是父母上班、哥姐上学，我见她一边刷锅碗，一边舔锅和
勺子上面的玉米糊糊；一回是下瓢泼大雨，我吓得非要找爸妈，她
背着我，冒着大雨走进水中。我记得走到家门口的时候，积水完全
淹没了她那双小脚，她直接在水里走，嘴里喘着粗气。

我 6 岁的时候，舅姥姥走了。她说她老了，坚持要走。走前那
天晚上，爸爸说妗子爱听戏，放收音机吧。舅姥姥叫妈妈闺女，叫
爸爸女婿。后来去看舅姥姥，她总念叨"女婿待我可好了、女婿待

我可好了"。

去看舅姥姥，就像节日，我们四个只能轮着去，开始是大姐二哥一拨，二姐和我一拨，我也和大姐去过。舅姥姥最高兴的时候，就学我小时候喝牛奶的样子，俩手捉着奶瓶，俩腿交替蹬踢，看着她那双小脚，我就想起她在积水中迈步的场景。

我上了大学以后还去看了舅姥姥一次。她摸着我的脸一遍遍地叫"亮儿""亮儿"。

她95岁去世，我至今不知道我舅姥姥姓什么叫什么。

陪读

我开始陪读的时候，大姐上五年级。二哥二姐在一个班，都是三年级。陪到他们各升一级，我自己也是学生了。我之所以后来能够通过高考上了个大学，和我幼时旁听他们高年级的课程有关。我现在还能背诵他们三年级的一篇课文，开头是："发了芽的榆树得了雨水更茂盛，孩子见了母亲怎么能不亲近。"二哥二姐早就不记得了。

大姐的班主任姓何，让我坐在最后，总是和气地说："别急，就快放学了。"我心里嘀咕：为啥叫放学，不叫下课？后来明白放学是一天的课业结束了，可以回家了。大姐特佩服何老师，时常用何老师的话教导我，我印象最深的一个是：何老师说了，愤怒是无能的表现。

二哥是个调皮捣蛋的学生，我跟他们上学，心里总紧张。二姐比我高一点，课间的时候常扶着我的肩膀。他们有一个写毛笔字的课，上课时总是乱成一团，二姐说别怕，这个老师是咱三哥。只可惜，那帮"小佛朗士"（《最后一课》中的"我"）不懂得珍惜。这个三哥念过的课本都成了我后来自修的教材，他们高三的语文课，已经分成"文学"和"语言"两部分了。他们的《世界地理》是精装硬壳的，插图是彩色的。他珍惜读书，好不容易考了出去，但因为某些原因，他就回到三甲村，一直到如今。

当时县立小学的校长是妈妈的亲戚，妈妈想着可以和她说说，这样我年龄不够也可以上学。晚饭后，妈妈和我坐在屋前的台阶上聊着天，我至今都不明白为啥我当时就是表示不去。现在估计是我爸不爱听妈妈说的这些，于是他俩吵了起来。他们为了我吵架，这是我一生中唯一的一次。

这场争吵过后，我爬在地上，东找西找的。二姐问我找啥，我也不说。其实，我是找下午妈妈刚刚给我的五分钱，刚才一直在手里攥着。后来，每当有了点好事，我就立即警觉，怕坏事跟上。很久很久以后，我才知道，这叫福祸相依，而且这福祸之间完全可以没有必然联系。

第一次花钱

那五分钱找到后，怎么花它，成了问题：我既想买糖块，又想买一册关于如何养兔的"活页文选"。二姐领着我到沙河（县里唯一的市场），一册活页文选三分钱，一块糖也得三分，但五分钱可以买两块。我们俩在书店与对过的小卖部之间来回拉锯。最终精神诱惑战胜了物质诱惑，我买了那册活页文选。我一直记得二姐那大公无私的表情。后来每当我回忆起这一幕，常常后悔自己的自私，那时就该买两块糖，给二姐一块的。

有了这册活页文选，我们几个一人养了一只兔子，还各自给自己养的兔子起了名字。我的兔子叫"歪子"，希望它厉害。二哥说可不能这么叫，我想了想，不好意思了，因为这是我妈的小名。

挖野菜

每周六下午、周日全天，我们四个就会分头去"寻菜"，那个菜的学名叫"苦苦菜"，我们都叫它"曲曲菜"（音）。这一天半的劳动成果能够保证我们家在下一周吃饭时有菜。所谓"都寻菜"，就是用个挑挑铲，将一根根野菜从地里挖出来，再装到篮子里，谚曰"捡到篮里就是菜"。我愿意往北向的地里去，两个姐姐愿意去西边的地里，二哥则愿意去南边。南河里有鱼儿，河边的树林里有鸟儿，二哥忙完这些才上南坡寻菜，我们回来交工验活儿，数他的成果少，他便把挑挑铲埋在菜里。有一次，他挑回来的是白曲曲菜，我们吃完都中毒了。很多老百姓是知道白曲曲菜不能吃的。我们从那次以后也知道了。

我的田园牧歌情结是在寻菜时形成的：与打茬子不同，打茬子时，庄稼都被摞倒了，极目远望也是一片荒凉；寻菜时，玉米苗、豆秧都是成长期的绿，如果在大树底下躲雨，看着它们忽悠忽悠的，我心里就在想它们不长大就不会被摞倒了。如果出了彩虹，我就会两眼一个劲地看而忘记了时间。

寻菜，不需要力气，比的是手快。手快，也不要多少方法，取决于性格。我的第一个朋友，跪在地里，不抬头，右手铲左手拣。只要旁边还有菜就不停手，直到手再也卡不住了，才放到篮子里。就这样，没几回合，篮子就基本满了，他就上树玩去了。他这种"打法"，也决定了我们必须走得比别人远，走到没有人寻过的地方。我们可以痛痛快快地走，痛痛快快地寻，还能痛痛快快地玩一会儿，到家比别人还早，寻的菜还比别人多。

这种菜包含了现代人求之不得的营养，富含多种维生素。20世纪80年代，县里把它现代化，变成了罐头，想行销全球。我吃了，很失望，只是一种菜而已，不再是"曲曲菜"。

过冬

几十年前的冬天，因地球没有变暖，那个冷是如今的人无法想象的。父母在时也没觉得多么冷。就我们四个，谁先钻被窝谁是勇士。房子显得空旷很多，一个火盆看起来渺小如豆。我们围坐在火盆前读书，其他的书不记得了，只记得大姐念《聊斋故事》，谁都不敢回头看自己的背后方向。

平安无事也还好啊。就求个平安无事。咋能平安无事呢？忽而外面锣鼓喧天了，我们面面相觑，眼神里流淌的是：谁敢出去看看去？这时，往往是二哥出去。

我们有时常会被外面惊呼"地震了"的声音吵醒。这样也好，不用脱衣服睡觉了，大家和衣围着被子，还暖和些。我们用一根筷子支着脸盆，脸盆落地一响就往出跑。最值钱的东西放在一个篮子里，跑的时候一提溜。其实，里面只有一个马蹄表和几个吃饭的碗。我在上研究生时看《黑格尔小传》，读到他在逃避拿破仑大军时也挎个篮子，篮子里面有个马蹄表，心里一阵窃喜。但他放下篮子造句时，照样还把拿破仑作为"世界精神"的人格神。

过冬最大的问题是买煤。我们是买不到块煤的，至于煤面子，没车也拉不回来。二哥的奶爹是太平关赶大车的，那时规定每一户可以拉一次煤，免去运费，煤钱自付。多亏那位大伯给我们拉了一车。我们只能用簸箕端，最有效的是用筐担。大姐觉得大伯辛苦了，就争着去担，担不起来。大伯推开她，默默地担了一担又一担。时隔多少年，一想起大伯连说带做的那股劲儿，我都心热眼酸。

那一车煤面子五块钱，根本烧不着，只冒烟。彼时，我跟二哥学了一个词儿，终生难忘：烟暖屋子屁暖床。

我的母亲

我的母亲爱翻叨，但很少后悔。她去念书的阻力，有传统观念，有经济压力，有学不会的痛苦，但"有主意"的妈妈硬是高小毕业了。

我母亲最大的特点是坚强，我父亲最大的特点是聪明。我母亲一辈子都说我父亲糊涂，我们都认为她比他糊涂多了。

父亲的聪明来自遗传。我爷爷 51 岁去世前，已经是名重乡里的周先生。我妈常说她误嫁到这家里，是因为我姥爷说周先生的后代错不了。我爷给他教书的哥做了两年饭，就自己出来当先生了，占不了大地方，在我姥姥家那一带（离县城百里）先教书兼卖药，后回家来独立当医药先生，完全是自学成才。

我母亲的坚强有天性，更有革命环境的塑造：生长在解放区，念的是革命高小，毕业即是革命干部。当时全县脱产妇女干部不足20名，她最讲原则，认真、正直，也总是只讲自己的理。

第二章　小四家

哪里的神都一样，只是在各种语言里改变了叫法
罢了。

——博尔赫斯《私人藏书》

小黑

　　1970 年后的秋天，我们搬到了小四家。我和大哥过去夯地，我心里祈祷：一搬房就都好了，听大人说父母常常吵架是因为那个房子的过。

　　新房东老崔大伯有四个女儿，小四和我一般大。

　　二哥抱回家一只小狗，特别好看。妈妈喜欢二哥这个男孩，但是不能同意他在家里养狗："你吃的还没有呢，拿啥养狗？"二哥哭着要把狗给他奶娘家，闹了一晚上，狗归了小四家。

　　狗比我长得快，它迅速成年，一长大就谈不上好看不好看了，它品性善良，安分，跟我们一样没有吃饱过。它平时很听话，很温顺。记得，我第一次见它，它是黄的，狗主人却给他起名"黑子"，也许老辈人知道它必然变黑。它后来也的确是条黑狗，没有狗脾气也没有狗毛病，只在半夜有动静时它才叫几声，白天的主要工作是转移着睡觉。有一次，我决心带它去改善生活，领它去食品公司的后院去啃骨头。但我领小黑去的日子不对，人家没有开门，也没有闻到煮肉时的香味，冷冷清清的。小黑走到屠宰场后面的壕圈里，这时，我无论如何也弄不回来它了：干骨头棒子、肠子头儿，这些对小黑来说

是美味至极。后来，我自己走了，不管它了。当我东游西晃地到家时，发现它已在院子里了。那可是从西城的边上回到城里啊。

冬天，外面雪很大，我半夜跑肚，大家都在熟睡，我只能胡乱穿上衣裳，跑向茅厕，它就跟我一起在茅厕蹲着，我顿时觉得不再害怕，而且那皑皑大雪把它那一点黑绒绒衬得格外好看，让我觉得"江山如画"。

有的人的恶意比狗性卑劣。我们学校两个"老大"，也就是"坏孩子"的头儿，我既不不投靠他们，也不敢得罪他们，走路能避开尽量避开他们。他们不知道为啥找到我："你把你们院子里的那条狗给咱们领出来，咱们吃狗肉。"他们把我领到一个老大的家里，认了认路。我心里紧张极了，不知如何是好。

我等到天要黑了，往出走，小黑习惯性地跟了出来。我搂着它的脖子，啥滋味都有，更突出的是我的"做贼心虚"，急匆匆地带它走到认过路的院子里，扭头就跑。

我回到它和我做伴的茅厕，哭了。

晚上做梦，我梦见了小黑。

天亮，一开门，看见小黑在院子里，我如释重负。

串门

我们到小四家（比红园家往北了两个胡同），深入了农村不少。农村人讲究开门过日子，不出远门是不锁家门的。谁要到别人家串串门，无须打招呼，也不用敲门，直接推门就行；串门也没有什么目的，啥也不为，就是走动走动，说的自然都是些家长里短。但是来了人，你就得招呼，就得放下手里的活计，譬如看书时放下书；不然，就得罪了人家，会说你"高鼻子大眼看不起人"。"眼皮高"的名声一旦背上，就不好取消了，父母也会责怪你不礼貌。当时的人们不会将书本与人生对比着看，只是觉得人们活着就得串门。没人来串门，说明这一家就"臭大街"了。

谁家吵架了，邻居的大小人等就如同今天的记者一样蜂拥而至，然而他们并不参与劝架，就是看个热闹。有一次，我愤然赶走一批小看客。他们并不生气，还嘻嘻哈哈地跟我开玩笑。不看书的人更容易乐天，或者说，多是乐天的。

那时既然没有学习这码事，就更没有个人空间一说。但我嗜书如命，没别的书，看看词典也行。我一生"学问"起脚于父亲的一本《四角号码词典》，除了往下抄，就是赶紧背，而且自感"功夫大长进"。进来串门的人往往第一句话就是"看那有啥用"。是啊，谁都不知道自己活着有啥用。

最难熬的是来一个半远不近、半酸不醋、坐下来就不走的人。他或者她还是用了几分仗义，拿来几分善意，做了计划专门来的。村乡的亲戚来了往往当天不走，还有专门来住几天的亲戚，那叫大串门。本来家里居住空间狭小得难以形容，一旦来了大串门的，十来口人就挤在一大一小两条炕上、翻个身都像改天换地一般。

大杏树

那个年代的男孩如果不会爬树就是无能的表现，我当然是无能的，因为我不会爬，也不想爬，甘于无能，就无能到底了。但小四家的大杏树是我爬的最多的，不是普通的爬法，也爬不到树身。它有一根迎客松般的横枝，很粗壮，成了我的单杠。我高兴或忧伤时，都会纵身一跳、两手扒住它，努力用脚勾住树枝，像翻墙头一样转身爬上去，有时成功有时失败。

大杏树每年都能结许多果实，就是在杏儿挂满枝的时候，我趴在树上，房东一家也不疑心我会摘着吃。

我坐在那根横枝上看书时，自以为超越了现实，尤其是看见隔壁院子里的一个高中学姐捧着小说慢慢走来时，有一种人物活在小说中的感觉，或者说，觉得人是可以活在小说中的。

学木匠

房东崔大伯是个木匠，他的儿子自然也是，农村的高工就是木匠、泥匠，这金贵的手艺当然多家传。由于普遍的贫困和他们的手艺不佳，崔大伯他们很少有活儿，一年到头，做个大板柜卖了；再做一个小的，就未必卖得了啦。

我仰慕有手艺的，曾经哀求崔大伯教我武术，他老伴从旁帮腔："你看孩子都这么说了，明天快教他吧。"他说"先上杠子吧"，就是用单杠练基本功。结果第二天早晨我早早起来等他，吃饭了，他还没起。我又想跟他儿子学木匠，好像那一阵子总在围着他转，给他倒水、递家伙、拉下锯，非常有眼色（及时地跟上他的心思），问得也多少正好，他终于被我的诚意打动，悄悄地跟我说："我教你。"我激动得一夜未眠。但因为没有活儿干，这也就变成了空口承诺。

大姐察觉了我对他的巴结，非常痛心地哭了，觉得我会成为一个没有骨气的人。我很臊得慌，没有说出拜师的隐情，却改了那副媚态，于是也就无形中结束了那个口头约定。后来看见他领着两个正式的徒弟一起做一对棺材，我就只能算是旁观者了。

情多易伤

我的第一个班主任从小学一年级教我到初中一年级，她很喜欢我，让我当班长。她在生活上也很照顾我，给我缝棉裤，还给我吃过一块煎饼。后来，我们的县立初中解散，她去了小西庄。也就是两年没见，有一次，我们在大街上碰见了，我激动得心跳加速，冲过去和她说话，但她漠然。我说我是谁谁啊，她还是有些漠然。我默默走开，眼泪流了出来。我听见她不以为然地跟走过来的两个人说："我过去的学生，他嫌我认不出他来了。"

我第二个班主任请了结婚假，我怕那几个淘气的学生把他们课下说的话在课堂上说出来，替老师捏着把汗，还犹豫是否要告诉老师，又不知如何开口。在她就要上班的前夕，我终于找到她淡定地说："大不了说几句风凉话呗。"结果可想而知。

还是学木匠

我初中毕业后失学一年半，很多亲戚都说这孩子别瘫坦了身子（因缺乏锻炼而没了力气），再成了黄蜡爪。我神经衰弱，像林黛玉一样，一年下来睡不了几个好觉，但特别想干点体力活。当时我并不知道体力劳动可以治疗忧郁症，就像德莱塞《天才》中的画家去搬木头那样。

两个蔚县的木匠在北关盖房子，一个熟人像办了一件大事似的来告知我爸妈："说好了，收为徒弟，不给工钱、管饭。"爸爸给人家上烟递水，妈妈哭了，一脸的没好气。第二天早上我走前，妈妈嘱咐我别让什么锛子斧子的伤了手脚。我们刚到工地，就赶上了吃饭，饭菜是专门款待匠人的小米饭和豆腐炒豆芽。吃到一半时，我把碟子里菜多的一面转向师傅，以示尊重，师傅却尽量柔和而神秘他说："别动，从一面吃。"他想教我规矩，其实这个规矩我懂，而且他说的也没错，我把他当东家，他还有东家需要巴结。

要干的活儿是挂椽。我站在中梁，就是房脊梁、最高的那一路，师傅在前檐，东家在后檐。我从来没有爬到过那么高的位置，俩腿一个劲儿地抖。等梁与梁之间挂了一些椽了，东家说："你怕什么，就是你从哪边滚，我俩都能截住你。"其实，我的屁股一旦失去平衡，就会从高处直接掉下去的。三间房的椽直挂到天黑，我们自然要好好吃饭，还得有酒。我只怕家里惦记，并不想好好吃，但也不能在师傅没有喝好吃饱前就走。

等我终于回家，母亲脸黄黄的，显然哭过，扭着头就像并不是对我说似的："明天不去了。"

我终于上了个高中，后来被安排到建筑木器厂，当学徒工，月工资 18 元，还是学木匠。

拉卖煤

城南十五里有个斗军湾煤矿，每公斤（千克）柴煤的售价是 1.1 分，若拉到县城可以卖到每市斤（1 市斤 = 50 克）1.1 分。一开始，二哥只能拉 300 来斤（1 斤 = 500 克），后来能够拉六七百斤。当然这不是每天都拉上，也未必每次都能当天卖完。大姐、二姐和我是帮工。我虽然小，但是男孩子，自然出力多些，而且大姐二姐只能在后面推，是不合适拉偏套的。

拉卖煤于我而言最痛苦的，不是起早贪黑，不是刮风下雨，不是拉不上或卖不掉的焦烦，更不是吃不上正顿饭的饥饿，更不是撒谎跟学校请假旷课的艰难，而是你千辛万苦地把煤搬拢到一起，等待发号，结果煤却被赶大车的强拉强装，你奋力护卫也不是他们的对手，真是一段特殊的经历。

二哥

二哥用一个双轮车拉煤，车胎自然总坏，补胎的师傅开发票时嫌他的名字难写，总写成"舟月舟"，其实，他叫月洲。大姐说他比我聪明，是实情，只是他的聪明没有用在念书上。二姐和他同班念书，总替他圆谎，譬如老人查问他上学了没有，他坚定地说："上了，不信，问月娥。"生平害怕撒谎的二姐，比他还为难，他还把二姐的假期作业当自己的交了，二姐反而没的交了。二哥考试得了 8 分，给老人看时变成了 80 分，我就纳闷他是咋画出来红蘸水笔的那个圈的，因为只有老师才有这笔啊。

有一次，妈妈问二哥："你是念书还是回三家村找大猴儿？"二哥说了啥，我没听清，妈妈突然打起他来，我赶紧扑到妈妈怀里，妈妈再问他那句话，他说念书。回到家（当时在红园家）后，他就捆铺盖卷，要回三家村，我问："你不是说念书吗？"他说："我不那么说她还得打我。"我记得这是妈妈唯一一次打他。

在没有我以前，妈妈最待见他。但他跟奶娘亲，妈妈最有风采的时候是当幼儿园园长。二哥偏偏放弃幼儿园的白面大米，跑去奶娘家吃地瓜。后来，他越大越调皮，终于姥姥不亲舅舅不爱了。为了逃避父亲的打骂，他曾离家出走。能走到哪里呢？自然，还得回来。我们弟兄六个，他吃苦、受气、受罪最多。他放学后总去割草，然后卖草所得给父亲买二三两酒。周日更不用说了，他会把草背到马车店大门口去卖。

我们回三家村没过了三天，他跟大哥吵了架，又要去拉卖煤，妈妈说他不当学生非要"当驴"。

那时二哥平均三天拉得上一趟煤，一趟平均挣 3 元 6 角。

他大早走的时候，父亲爱说："大炮一响，黄金万两。"晚上，若听着空车回来了，父亲会一笑："我的千里驹回来了。"

拉肚子

我小时候，总觉得是自己胆小所以脾虚，脾虚就胃弱，导致肠胃功能"弱智低能"，一有风吹草动就闹肚子；若在"万恶的旧社会"可能早就拉肚子拉死了。有段时间，自营部（粮食局的直属单位）几乎用红薯面代替了玉米面的供应，红薯面不好做，大姐便领着我们压成饸饹。借一次饸饹床不容易，我们就多压。饸饹夏天很快就变馊了，我们有无数次拉肚子的经历，大姐说没事，我们继续照吃不误。也的确没事，他们没大事，我却总烧心、胃酸、拉稀。说到底是我娇气。有真正的人家的孩子比我们还吃得差，也没事。一天，我并没有吃这种饸饹，不知为啥，开始跑肚。起初也都不在意，到了下午，我拉了二十多次，大姐跑去找旧邻居中的一个大夫，其实与去医院的路程差不多。那个人笑眯眯地拍了拍我的小腿肚，说没事、没事。我们就走了。小四娘说大蒜就鸡蛋一吃就好。我努力吃了，照跑不误，后来几乎不能离开厕所了，俗称"射箭"，肛门远远比肚子疼痛。天黑了，外面下着大雨，我已拉了 48 次，来找我玩的张子、金顺，当然还有大姐把我背到医院。值班大夫李淑花是妈妈原来在卫生系统的同事，先埋怨咋这时候才来，立刻安排了住院，然后说我小时候长得多喜人，现在咋没牙了。

我住院后的第二天，大哥就回县城了，大姐如释重负。大哥陪床时，我早晨刚醒来，看见他悄悄地自己抹眼泪。我到今天也没有问他为啥哭。

失眠

失眠是结果之一，神经衰弱是原因；还有一个结果是腰疼。

一开始，我失眠是偶然的。每天下午，我骑着自行车去接拉煤的二哥，算是体力活动；后来总也拉不上煤，二哥就去修路了。我因年龄太小，母亲再据理力争，我便成了职业赋闲人。一位老太太说我："这半大后生，整天待着不瘫了身子？"

后来，失眠成了常态。鲁迅写过"惯于长夜过春时"，我是"惯于长夜过'四'时"。当时，我们连小说都很难借到。即使能借到，晚上也要早早关灯，房东也要拉闸的。当时的我也不能思考什么有质量的东西，大约只是得一个"多虑"的习惯。外面偶尔放一次电影，父亲也难得准我们去。后来，我几乎怕听到"土塘湾今个有电影"的消息，它带给我的不是兴奋而是恐惧：说不定又得跟父亲吵架了。

我像林妹妹一样一年难睡几个好觉，夏天也不敢午休怕晚上难以入睡。同龄人那种哈哈傻乐我从来不会，我常常因一点变动就心惊胆战，当时就对《三国演义》中重复出现的"病体樵夫难闻虎豹之吼"颇有会心。终于，有一天我刚刚睡着，父亲并不是针对我的一声怒喝，把我毫无防备地吓醒了。

农户家的孩子

我最羡慕农户家的孩子。他们轻松自在，没有那么多规矩。有的人家也吵架打孩子，但按年度算，不用造"日进度表"或"月表"。

农户家的孩子基本上都心态天然，在外面想玩到啥时候就玩到啥时候，没有晚了挨骂一说，进大门就有理地喊："娘，我饿了。"我觉得他们在家里几乎是想干什么就干什么，根本不用提心吊胆。他们在一块谈论的都是些不痛不痒的话题，也没大意思也不讨厌，他们也不会说奉承话也不会说是非话，好像很桃源，却并没那么诗意，就是农业而已。

男孩子在一块玩，难免要摔跤。他们"草根"，带着泥味。农户的家庭气氛很原始、简单，从来不用察言观色，也不懂弦外之音，没有那么多需要钩心斗角的事情。农户的孩子如果读了书心态不变，就天然、当然地是《庄子》里的正确人。

从书本上学武艺

当时虽然书少，但我们并不能逢书就饕餮大嚼。我看《西汉演义》还能开个头，就是刘邦母亲怀上刘邦那一段，《东汉演义》至今不知咋写的。还有民间最流传的《征东》《征西》，我也看不进去，当时以为自己不爱学习。二姐从她奶娘家拿回一套搊鼓词本《义妖传》，神神秘秘地，我也看不进去，觉得白娘子根本就不是妖。当时，不知道啥叫感觉，用今天的话说，我当时最有感觉的书是《醒世恒言》和一本外国人的"格言集"。简言之，前者奠定了我的世界观，后者奠定了我的方法论——文风笔法。

我也曾幻想自己能够像孙悟空那样打得天兵天将无处躲藏，但我不再相信那么玄虚的功夫了。《水浒传》说武松的鸳鸯脚是他的"真才实学"，我也要寻找确立我的真才实学；但没有师傅，无论文学武术均无高人指点。我便把《水浒传》中的打法用图绘制下来。这个灵感得之于林冲与洪教头比武时的场面描写。我仔细从书中往下总结时发现王进打史进也是这个招数：望对手头上一举，对方往上一架，其实并不打头，而是攻下面。王进扫倒了史进，林冲点了洪教头的前胸，我现蒸热卖打疼了一个伙伴的脚踝骨。

我爷爷

我大伯说："我们四个数你爹强，但是比不上你爷，你爷就是压众。"

我爷哥儿俩，他哥是个监生，但坐不了县城的馆，在距县城北边 30 里地的中心乡村教书。我爷给他哥做了两年饭，就能够自己教书了，去了县城南 100 里的山区，就是我姥姥家那一代：谢家台，传说杨令公在那里撞李陵碑而死。妈妈开玩笑的时候爱说，她是上了周先生的美名的当才误入周家门。

我看过爷爷学医的笔记《疑症医得》，领悟力惊人，字娟秀刚正，大伯说还写得飞快。从大伯和父亲的讲述中，我觉得爷爷是个峻急又幽默的人。爷爷在教"四书五经"的时候学成了中医，也完成了开药铺的资金积累，回三家村挂起了"余庆堂"匾额。爷爷的口号是"穷汉子吃药富汉子拿钱"，给了穷人药后说："传名吧。"爷爷唯一的女婿跟他学医，每方必录，但爷爷总是亲自抓药，与姑父过录的方子并不同，我后来还知道中医的奥秘在药量。爷爷想都教给他大儿子，于是更显得大伯记性赖了。

爷爷活了 51 岁，他走的时候，他最小的儿子 13 岁。爷爷聪明却脾气急躁，惹不起这个世界，惹得起自己的身体。

春夏秋冬的轮回，我写这行字时也五十有一矣。这个巧合不能缝合这离题的距离，我是觉得我爷也游走在这别人家的院子里。父亲常常因我的某个动作而感叹："咋这么像你爷呢。"每过年节，我们都给他的照片供馔。

旁白：

离开一个地方就是死去一次的感觉绝对是方鸿渐这种道义懦夫的人文情怀。军人如果这样多愁善感早就不能打仗了。另一方面，如果世人在道义上都有点软弱，有点人文反应，世界又少多少苦难呢？佛教要求在修行上勇猛精进，在与人争斗的时候慈悲为怀，讲究只有中道才能修行成功，而且是运用感性去建设新感性。但，修行的极地还是个空。

"善感性"就是感受过量过当，"过"与"不过"的标准该是看对自身是伤害还是建设吧。可是对贾宝玉这样的主儿，伤害就是建设，建设就是伤害，他19岁出了家。除非变成李叔同，不然就不出了。

人道的定义最难，就像人们用自由的名义做了许多恶一样，人们也用人道的名义做了许多恶。善恶又是难解难分的话题，"没完没了"，每位大师都想弄清楚，给世人一个标准答案，但都不能一劳永逸。人们明白起来需要日积月累，糊涂起来却可以一溃千里。自由，只能是让人由着自还合乎道、还成了人。这个反义词正好构成一个主义：人道自由主义。秩序不能颠倒，若是自由人道主义，便不知会自由到哪里去了。

小相对于大，是弱是柔，人小的时候盼着长大，以为长大了就不怕这个世界了。长大以后发现需要怕的更多。

第三章　东大庙

那时，宗教是一种激情，很久以后才出现教会的教义和神学家的论证。

——博尔赫斯《私人藏书》

　　涞源一中在我就读的时候叫永红中学，后来自然又恢复了旧名，老百姓只管它叫东大庙。这个"院子"从隋朝就有了，根据现在的文物政策不会拆迁，不像"红园家""小四家"一样早从地球上消失了。这个院子对我的"发凡""立义"，是现在总结不利索的。因为，东大庙是我作为读书人的起脚处。东大庙是内心的庙。

东塔松涛

　　东塔松涛是"涞源十大美景"之一，还有一处"阁院钟声"，阁院寺俗称大寺，没有入了美景榜的西庙是我上初中的中学。

　　东大庙在文物系统包括两部分；上档案的学名一叫兴文塔，二叫泰山宫。一听就知道这些建筑自然都凝结了当时各方面的最高水平。松树连成片便成了"涛"。

　　塔下面是号称"北海第一泉"的养鱼池，人们站在水边照松塔是在任何年代都充满浪漫、诗意的招牌动作。也许因这象征性含义，每年都有失意的、失恋的、失学的、失败的"举身赴清池"。与死在别处不同，这样也足够招摇。

　　"共志东塔求学、友谊松涛永结"，是我毕业时写在同学小本上的，后来母校校庆时又用了一遍。但校庆我没有回去，因为那种仪式的、表演的纪念与心中的"庙"无关。此前早就开办了优秀毕业生的展览，跟我要一张照片和出过的书，我也没有提交。不为别的，我是怕改变了对这处的内心记忆和微妙的感动。

"大庙"也无非是这样

我考进梦寐以求的高中，一进门，就"东京也无非是这样"（鲁迅）了。一位讲政治经济学的老师说："你们要时刻想到在你的旁边站着八名同学——因为你坐了这个凳子他们没来了。"我对高中的珍惜高过这个原因，我认为读书是神圣的，诸如此类的教训我听着都俗气。要说失望首先是对这类学习动员的失望，现在想来是我太片面了。

体育最唯美

一年半后，我终于重返校园，跟脑血管病太悲伤太高兴都是危险一样，我越发神经衰弱了，夜夜失眠。家里人有一个无声的担忧：他不会因病休学吧？其实，青春症之所以是青春症就是敏感又无知，就是自己的"知"平衡不了自己的"感"，"敏"遂致病焉。我失学的时候如果知道还能上就是晚一年也就不至于落个神经衰弱了，那时"敏"的是：现在即永远。

体育能克服阴郁是我领受到的福音。因为一中器材完备，各种项目的体育课都能上，我有种到了大地方的滋味，每上完体育课心里都美滋滋的。体育让人进入了全新的生活，不但超离了家庭的压抑，也摆脱了教室的惯性。体育好像最功利，其实最唯美，是合法游戏。运动会前准备赛事，操场上总洋溢着青春万岁的气息。在操场、球场出尽风头的学生，他们的才华不体现为造句、做题，而是体现在机动灵活的蹦蹦跳跃中，他们哪里知道这风光时刻可能是他们一生最荣耀的瞬间了。

我是班篮球队后卫，因为没有投球的本领。我不愿意扎堆，后来每天下午两节课的课外活动就一人长跑。有一次，我穿了一双新方口布鞋，不跑也夹脚，硬是照样跑了一万米，脚背上沿着方口磨出了成串的水泡。就这样，每天一万米，我跑好了神经衰弱。

我还每天早晨爬祁山，写了一篇十八扯的长诗《祁山颂》。我站在山头向在操场出早操的同学挥手，他们也向我示意。那时候没有污染，没有高层建筑，山上山下也没有如今这么多人。

我一个人爬山受到了教导组临时负责人的批评。他是个认真负责、有水平的好老师，只是我不符合他认定的好学生的规范。他也看不上我那种到处张罗着看书报的劲头。他教我们高一哲学，我记得我问他啥叫真理，他不知如何下口，我把从四角号码字典上抄来的定义给他看，他默记了好几遍。他性格和他教的哲学一样教条了。

现在看来，当时的体育最美学，而哲学最反美学。

同室不同学

那会儿，学校划片录取学生，譬如城关多少、南屯多少，非农业多少。同学们的初始条件不同，风格迥异。同学之间的程度能差出一辈子来，然而率先放弃学习的是起点高的、精明的。

是啊，读书有啥用呢？很多时候，找工作与学习好赖无关，有钱没钱与学习好赖无关，甚至搞对象也与学习好赖无关。许多人来念书好像就是来证明读书无用的。

那个年头，有的老师也不学习。我见过一个上年级的同学在教室前问语文老师"嫉妒"的意思，那个老师讲到"嫉贤妒能"就讲不下去了。我看那位问字的同学最后还是不知道"嫉妒"是何物。学校有早晚自习及老师辅导的制度，我虽走读却风雨无阻，看到教室里没几个人常常又喜又悲：喜的是越没人越安静，悲的是他们住宿于此都不来学习。我最怕老师来辅导，哪一科的老师来还得赶紧拿出他那一科的教材来。

课程固然没啥需要起早贪黑的，但是学点啥不有的好呢？有的学生为什么不爱学习呢？后来，我发现了他们的共性：自以为是；再后来发现自以为是的原因是胸无大志。我在黑板上抄了《三国演义》青梅煮酒论英雄中曹操关于英雄的定义（"夫英雄者"那一段），引起的关注是：同学们开始关心我看啥书了。

一度，老师发觉大家汉语拼音不过关，就给大家补习，果然有效。有人开始查字典了。一个很爱学习的高个子女生，非说"恕"念"怒"，告诉她也不信，最后查了字典。

一个住在附近的龙同学，早晚自习都在教室，中午也在，她个子矮小坐第一排，我则坚持坐最后一排，以便看课外书。她不肯安宁，只要教室里还有一个人她就得与人家说话，平时也像家雀一样喳喳。我本来初中毕业后稳重了不少，但还是忍无可忍地叫她保持安静。终于，一个中午，她郑重地说："你以后别再说我了。"我也不妥协："你以后能不能别在教室里喳喳？"

浅薄

　　日记体、书信体小说是我的最爱：前者，我举一部就是我们这一代也未必有几个人记得的《青春》（苏联的同名小说，不是日记体），用真挚的第一人称口吻礼赞改天换地的生活，这个"我"是个女的；后者，我举一部苏联的《没有地址的信》，它不是普列汉诺夫那本理论书，说的是一位妇女用出色的工作表现和大度的心胸唤回了丈夫的故事。我为什么特别喜欢呢？因为可以直接拿心理描写抒情！尤其是那个时候，我情感匮乏，就是我和作品一同浅薄、一样浅薄、一起浅薄，即使对丁玲的《莎菲女士的日记》、蒋光慈的书信体中篇和长诗的喜爱也当如是观。

　　如果保留下来高中的日记和书信，我会怎样？当时我是为以后写长篇做准备的，现在真写又能用上几句呢？上大学后，我也这样准备过，最后都是一笑了之。当时天塌地陷的大感受，我再重温，弄好了，也只有个笑不出来的苦笑。能《朝花夕拾》如鲁迅者，非得空透、松透、心地澄明到了至高境界。

高一语文

　　自从认定来自遗传因素学不好数学以来，我几乎放弃了对数学的努力。上高中，我最期待的是未来当作家。对我而言，所有的课都是语文课。偏偏语文课最让我失望。我曾站在窗外听所有语文老师的课，都觉得为啥语文课是这样的呢？先是时代背景，再是段落大意，然后是概括主题，最后说两三条写作特色。

我觉得老师们都在"照本宣科"，我读一篇课文的感受和期待老师们深化的地方全然不在他们的框架中。他们要教我们的"分析问题解决问题的能力"，就是纳入一个万变不离其宗的"模子"。

上大学以后，我听闻有人已在一些副刊上发表了一点散文，为了当作家来听朱自清先生的课。朱先生劝他，要是将来还想写东西就别来了，去听外国文学的课。

静力学

真正带给我"高等学府"精神快乐的居然是物理课。车志忠老师是涞源的名人，因为篮球打得最好，我原先一直以为他是体育老师。我们搬出红园家时他们正好搬入，他是我考入一中的恩人之一。一开始，我是怀着感恩的心情好好听课的，内心只是尊敬。但我没想到静力学这样处处有理，老师也能随机点出其理——物理比伦理更真实。伦理是人理，人人言殊是题中应有之义。

我常常在晚上想出了推翻或发展课上讲的原理，兴奋地在第二天去找老师"理论"，以为自己的名字将从此载入科技史册，结果车老师在地上用随手拣来的树枝或短棍一划拉，我的发现、发明就破产了。我并不失望，越发佩服得紧了。我后来再三读《爱因斯坦文集》也基于此，爱因斯坦关于古典文学的论述一直是我学习和教授古典文学的"原理"。这是车老师万万没有想到的。

教我汉语的英语老师

我的英语老师毛卓亮，他是上海人，北京国际关系学院毕业，到涞源时 28 岁。等到高二，他教我英语的时候，我已经失去了学好英语的契机：国际音标全不会，只通过汉字记英语单词发音，不懂拼写规则的我就生记字母组合背单词。就这样，我的英语结业考试成绩还是第一；作文是范文，他在课上念了我的作文，说我用了一个没有教过的句法，说对我的要求应该高一点，所以只给 90 分。我在一中院里两次碰见他和教高一英语的老师说英语，那是非常让人心热眼亮的，我根本听不懂，就是觉得美。

我觉得"非常美"的事是整节课听他用英语朗诵《卖火柴的小女孩》《最后一课》《钢铁是怎样炼成的》（保尔跟朱赫来学武那一段），谁都听不懂谁都想听。课堂静静的，拉了铃也没有人动一下，大家都希望就这样一直继续下去。奇怪的是，不爱学习的同学也能如此被感染。我在别的教室外面听他朗读过别的段落，也是全体静悄悄的，不得不相信人间存在着超功利的艺术感染力。

他上课从来不用维持课堂秩序，不像化学老师三分之一的时间告诫各种"不许"。当时，我们经常劳动，在劳动间隙，他用巨轮烟盒纸给我写"平林漠漠烟如织""昔人已乘黄鹤去""云想衣裳花想容"等，使我的劳动课变得比语文课还文化课。当听他说莎士比亚前是古英语时，我赶紧问是否也是文言文，他哈哈大笑，忘了我是个穷山沟里的中学生。

高二后期搞教学改革，学校取消了英语，毛老师教我们语文，讲《两篇短而好的调查报告》《冰山雪莲》，比科班语文老师讲得好，大概是他没有受教学参考书的影响。他就是串讲加发挥，讲出了句子之间的内在联系，讲出了汉语言的美感。这也因为他念课文时的普通话洋气，因理解得透，所以出感觉。我一考高中的作文就是毛老师判的，我一入学他就对我另眼相看。我时常去他家里，他在生活中总下意识地说英语。我问他爱人是否听得懂英语，朱老师笑着说她不知道他说的是啥。

高二语文老师

秦国宗老师的笔名是"秋寒"，曾是河北日报社的通讯员，经常在《河北日报》发表短文；也是大名鼎鼎的语文老师。他是单身，在涞源吃学校的食堂，住单身宿舍。生活自然清苦，但他总是唱歌，用大字眼就是笑傲自若。

他跳高是剪式，跳远是空中走步式，百米跑速度相当了得。我上高二的时候，县里组织田径队去地区参赛，总教练居然是这位语文老师。我在一年级的时候常跟着他学唱歌，每周有个下午他教唱革命老歌，如《红米饭南瓜汤》；还有一些新的山歌，如《挑担茶叶上北京》。他为了矫正我的口吃，教我背山东快书《奇袭白虎团》。高二时，他开始教我们。后来，他专门负责写作班，给我们讲通讯报道的写作。他口才好的特点是干净，一句是一句。他说想不好的时候宁可不说，不要"哼啊哈的"。

我问秦老师问题常常会茅塞顿开，譬如为什么《国际歌》说"这是最后的斗争"，春秋战国时期的战争谁正义谁不正义。我一直认为中学老师比大学老师重要。因为大学主要是自学，成长的痛苦和要害主要在中学。一个中学要是没有几个好老师就是个人口集散地而已。

后来，我给他写信，说他是我的指路明灯，要拜他为师。他回过我两封信，都被我珍藏着。再后来，他辗转回了老家河北固安。

秦老师是个乐观主义者，常说没有让他睡不着的人和事，随和不固执，能够与时俱进。前不久，我们通电话，他的声音依然健朗。他的体育好、唱歌好有益于他的健康。当年，我说自己因为叫这个名字总与黑暗相伴。他说："不，你应该想你给黑夜带来光明。"后来，我在《王阳明传》中怀着敬意引用了这句话，估计秦老师看不到。他跟家父说月亮哪样都好就是缺乏斗争性。我当时想我和谁斗呢？现在想还是老师看出了我根子上的弱点：怯懦。

写作

高中毕业前，我们自选文理科。理科组跟着老师把学校的电线重装了一过；文科组则到电厂劳动，然后写"通讯"，仿照报纸上的有点简短评论的好人好事报道。

我很想选理科，以为有用，但根深蒂固的爱好还是选了文科。如果选了理科，也许处理方式会变得更直接一点。

"说不清"却是永远的鲁迅

鲁迅的话像所有圣贤的话一样，是活的。无论何时何地何种情绪都能够读出"活的"东西来。蠢笨如我，十年持续学习，都有渐悟，何况罗素说中国人个个都是哲学家！

鲁迅的原著随时可以买到和借阅，又可以在任何场合看，就像鲁迅说真金和硫化铜一掂量就知道了一样。我曾经在某个下午一口气连读《纪念刘和珍君》14遍，直到日落天黑。我一直有个问题：是《纪念刘和珍君》好，还是《为了忘却的记念》好？不同的时期有过不同的选择，不同的状态有过不同的判断。这个问题会永远存在，不需要任何学者解答。

当时，我看先生的文章，看了题目先想想自己怎么写，然后再看正文。先生的角度和论证方式永远出乎意料。现在，我偶尔也试试此方法，不灵了，因为大致上记得先生怎么写的了。

课外书

念书就是念课外书——这是我念书、教书的基本信条，也是我上高中得来的经验。永红的图书馆也是图书馆，刚进来一批《北齐书》，我想要借，帮忙的秦老师说"你看不懂，甭借"。我心里不服：只要看咋会看不懂呢。图书馆里有一套《各国概况》，除了我借就是外语老师借。

我最爱看的书在永红图书馆里没有，那便是小说，尤其是早些年前的。我印象最深的是茅盾的《蚀》《腐蚀》，真是让我了解了别样的人生。我看鲁迅的小说好像有更多哲学感悟，看茅盾的小说才体会到文学刺激；而郭沫若的《地下的笑声》之类的书，我一直也看不进去。比较愚蠢的是我看不上赵树理的《三里湾》，还看不进去张恨水的《啼笑因缘》《魍魉世界》。当然，最不应该的是我不喜欢《西游记》——直到如今也没有认真读完一遍，尽管教古典文学时讲过无数遍，不是我缺少童心，是抗拒那种词话体。

我收获最大的是老高中课本，一度高三的语文分为语言和文学，比我上大学的教材都好。过去的课文选得好，真是人生的教科书。小学没毕业的莫言自言对他影响最大的就是高三文学课本。

长城外，古道边

毕业自然要感伤，照毕业照的时候我说这是高中的唯二的留念，还有一个便是毕业证。我和班主任给全班同学写毕业证，一个当过体育委员的女同学坚持不让我写她的，让高老师写。所谓写就是在那几处空白的地方填上姓名、性别、年龄。我的高中毕业照及毕业证后来不知流落何处，不知其他同学可保留至今？

我毕业后的茫然压倒了毕业时的失落，既没有盼着毕业也没有怕毕业，就跟迟早要死一样反正是"规律"，盼着怕着都一样，到时候了该咋样还是咋样，不用多思量。我没有离不开的人，也没有离不开的课，不毕业也是看课外书。而且像战争年代的人不大怕死一样，那时的我们好像没人在意什么离别。如果当时知道地球上有首歌叫《友谊地久天长》，同学之间也许能平添几许自作多情的忧伤。蒙昧正是我们战胜许多苦难和忧伤的地方。

我也许是最"文学"的一个，毕业那天送乡下同学回家，住了一夜，各自谈自己的理想。我说上大学，他说不可能。他数理化本来学得好，后来觉得没用就不学了，毕业前就赶集倒卖二手自行车，后来当泥工、贩驴。

我有一次去了那个后来得了肺结核的同学家，她爸是个老师，已精神病多年，自己磨磨叨叨的，她腼腆地说："可别笑话。"我只有后悔，咋会笑话？后悔的是，要知道她家境这样艰难，前后桌，我会多与她说说话。这一面竟成了永诀。我的中学同学死伤累累，有个初中女同学，家住县城居然死于难产。无常比无耻什么的可能更根本。

第四章　梦在涞源

这是一个时代而非一个作者的作品。

——博尔赫斯《私人藏书》

我不喜欢高尔基《我的大学》,觉得不如《童年》好。"我高中毕业后的生活"也不如在"红园家"好。是不是因为"凡是小的就是美的",长大了就少了"人之初"的味道?

干工程

那个时候,凡计划外的都是名不正、言不顺的,没有户口的叫黑户,不是正式单位承揽的工程都不合规。但加入这样的工程队也得要有熟人,尽管吃的是真不好,干的是真辛苦。能包出活儿来的是包工头。譬如 100 元的工程款,他打点用 10 元,自己落 40 元,能够给干活的百余人分 40 元,吃住花销 10 元就不错了。明知道是如此,你包不来工程,就得感谢包工头的剥削。文学让人心软,经济学让人心硬,江湖逻辑是不做铁砧就做铁锤。包工头就是当年的"富豪"。

我第一次干工程是在高中二年级的一个秋假。工地在钢厂,驻地在四里外的一个修铁路的工程连废弃的宿舍,我每天要从铁道桥下漫水走过拒马河。秋风贼凉,冻得脚疼,后来我用水泥袋、牛皮纸裹在脚上就好多了。

我带着《短篇小说选评》和日记本,心里是走出家门的兴奋。那个"选评"里有对所选作品开头咋好、结尾咋妙、人物如何典型的点评，从作品到评论都是八股小说、小说八股，但已是难得的"启蒙"大书了，这书常常引用鲁迅的话，如"选材要严，开掘要深"。

我们每天干的活施行承包制，没人愿意和我这个未成年的学生搭伙计。有的大人为了挣超过工作量的钱，总是意气风发地相互搭伙，这也的确能够把别人远远拉下。一个四川人带着哭腔说："你们吃稠的也得让我们喝点汤啊。"这种劳动竞赛只是一种管理方法，工头是不会兑现的，只是当时工人不知道。

一夜，突然一排房门逐次吹开，我出去看看，也没有风，我始终弄不明白那十来间的房门何以逐次开合。

扛麻包

扛麻包（俗称"大个"），首先要过的关口不是腰腿能不能行，而是脖子疼。我身上虽然有个白单子披着，但麻袋磨得实在厉害。与砖磨手的磨法不同，我搬砖不戴手套是故意磨炼自己，扛大个磨脖子是不想磨炼也得磨着。头一天下来，我脖子不敢挨枕头；第二天，脖子硬得不能回头了，要想扭头和人说话须做转体运动；第三天脖子红肿得变色了，往黑里变了。

扛大个的步伐是独特的，沉着而轻灵。架着膀子快跑的主不是永远的外行，就是实在吃不了这碗饭的。这种步伐得学、得练，也靠天赋。扛大个和摔跤一样，小个子占优势，因为身体的重心低。扛大个的"巧劲"在身子直、在迈步的虚实转换，跟太极拳的原理一样。

高难度的挑战是上跳板，一是装车，从跳板走到卡车上；二是入库，用麻袋一层层地堵住库口，越往后跳，板便越支越高。人从跳板上摔下来的后果，就看运气了。

有个农民老大哥家里有六个孩子，每天早晨喝碗糊糊就和我们一起扛。他叫养家糊口，我不叫。我们都是托了关系说了好话才能加入这个队伍里来的，因为在这一天能挣三块多呢。如果是竞争上岗，我肯定会把活儿让给他。

他们边干活边开着过火的玩笑。我没有看见骂恼的，也永远分不出高下胜负，而且也没啥新鲜的，他们乐此不疲地过着嘴瘾，一轮一轮地循环。一般是空着回返的骂扛着的，扛着的自然还不了口，但马上就倒过来了，他再骂那个扛过来的。因为不影响工作效率，工头也乐呵呵地听着、看着，有时候还插一两句，助助兴。扛大个与抬木头不同，抬木头可以形成"嗨吮行吮派"，扛大个只能形成"行吟对骂体"。

泥瓦匠小工

打水泥路、扛大个那样的"肥活"没有了，我只好当土建小工。这也需要关系，用不着多深，我铺路的大工子成了化肥厂土建的工头，一说就去了，因为他到处夸我是个好小工子。工头每天号称给一块半，最后还是没给全。

因了那个秋假的锻炼，这回挖方我就是出众分子了，把定量挖完就能在阴凉处看《莫泊桑短篇小说选》。带班的看看我，说："你咋不抽烟？"挖出槽子来就得往里填石头，有一次诗兴大发，我每抱入一块，都豪情满怀：比文人强多了，我确确实实地留下一笔了。

我搬砖与众不同，就是不戴手套，为了磨出老茧，记得很快把手指肚的皮磨掉了，里面的嫩肉皱褶着以躲避任何触碰。我心想比起拉赫美托夫睡钉毡来，我还挣了钱。

我虽然没有拜师傅，但特别想当那个大工子，觉得他们干活挺艺术的。看他们干活是种享受，看木工干活就没有了，这是因为他们的工作容易干出效果吗？还是说他们这个动作本身就有形式感？我总能把砖和水泥给攒下，然后我替他们干，砌砖还行，抹灰干不了。架子高了，我不便反复爬上爬下，就看小说。了解的工头都不说我，因为我有时候顶两个小工，照样可以看书。他们也不发表"看书无用论"。

跟大工子学唱各种小调是难得的受教育。他们唱得很生命化，唱《走西口》《小寡妇上坟》能把我唱哭。

转学

因为走向了广阔天地，我的这一年很快就结束了。

显现于这个时期的三大件是：脸面、音乐、性。越是没脸的人越是要面子，伤面子的可以是任何事情，譬如一根烟、一句话。他们对音乐的需求、感受相当大，化肥厂的大喇叭除了广播通知，总有很长的时间放一些戏剧的舞曲、老歌儿，那个时候人们的劳动状态大为改观，用他们的话说就是不觉得累了。他们不大谈钱，也很少谈吃，大概是这两样重要到了无须说、沉重到了没有余裕说的地步。他们爱说爱想的是男女之事，有时候姐夫小舅子一块说，对路过的每个异性都要发表评论，当然是对方听不懂、听不到的。

我的这一段生活太"浮光掠影"了，远远没有和光同尘，只能算个开卷有益了。

美学涞源

> 一个池子里有两个映像。
>
> ——博尔赫斯《私人藏书》

我离开涞源三十年了。只要做梦，就在涞源，尤其是从城里到西关的路上，那是我上初二的"道路"。

当年最大的理想是离开涞源，而离开以后，我所有的梦竟然都属于涞源。因为我是涞源人！因为我生于斯长于斯，因为这片土地刻录了我的青春和创伤。

在异国他乡的人常说爱国是种乡愁，那我这家乡感算什么？而且相见不如怀念，那梦醒后凝聚积淀的凄美情愫都能在回家后迅即破灭，好像自己在摆弄自己那自作出来的多情。其实"滚滚红尘东逝水"，任何人的日子该咋过还是咋过。我心中的梦里的家乡只是我个人的意义世界，与真实无关，我梦中和梦醒后的情愫是美学的，而真回去后所破灭的只是粗鄙的功利计算。行笔至此，我突然明白了《金刚经》里说的"若以诸相见我，即不得见如来"原来就是这样一个美学原理。根据弗洛伊德的学说，一个人一生的性格、生命感觉都根源其早期经验，那涞源就是我的美学"来源"了。

而且，整个涞源就是我的母校，我在涞源不仅是念书，就是不念书的时候更是在念无字天书。涞源的田野是我的"百草园"，涞源的五行八作是我的"三味书屋"，我在这里进涞源建木厂当学徒工。任何人的一生都是一部成长小说，我这一部的重头戏是在哺育了我的涞源，至于我后来接受的教育，倒只是单面的技能，只与混饭吃相关，也许还关乎痛痒，但与形成痛痒的感觉无关了。所以，我从来不梦见某某大学。

美学诞生于虚席以待，频频入梦是因为"亏欠"。最关键的是无能的我没有给家乡做出过任何的贡献。

梦归涞源，是因为我生命最纯真的一段属于涞源，是因为我的情意的根在涞源，是因为无论我走到哪里我永远是个涞源人，这不可改变。可变的是涞源的面貌，我的涞源美学不会变。

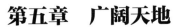

第五章　广阔天地

空间是用时间来量的。那时的世界比现在大。

——博尔赫斯《私人藏书》

广阔天地其实还是个院子，而且比此前住过的院子都不广阔。因为，它是农村本身，这院子的围墙祖辈流传，广阔天地里的农民天天都有着指望却没有希望地活了一辈又一辈。

我上高中的时候也曾非常文学地设想过这广阔天地，把看到过的 20 世纪五六十年代描写农村的小说、70 年代报纸上的报道编织入我的"未来"。我还为此激动得夜不成寐，写了诗，现在回想，那份激动主要是可以去支援农村建设了。

吃饭

我自幼帮厨，基本上啥饭都会做，高难度的蒸馒头、烙饼、擀面条都会，但就是不愿意自己伺候自己，觉得划不来，其实是没有挨饿，如果挨饿就能赶走懒惰。只是，若有人到我这儿蹭饭吃，我便有精神做了，一边说话一边做就感觉充实、轻松。来我这儿蹭饭的主要是贾德才，他好像特别不愿意在家。在地里干完活，他在地头盖着大衣睡晌觉，冬天两顿饭。他老婆在农村是好看的，两个人就是没缘分，贾德才说他们刚结婚就炕的两头一边一个。

当然，更主要的是我到别人家蹭饭，不管那家有多么脏，只要留饭就解决了一大难题。有时候，我为了蹭饭就帮人家干活，人家一客气留饭，就正合我意了。有时候，我盼着有人结婚或盖房——

上梁那一天，全村人都可以去吃糕。而我"当年"是著名的不吃别人家的饭的，连大姐家的饭都不肯轻易吃，她婆婆说我心眼多，其实是种青春期综合征。

看书

最幸福的时光是白天过去了，不管干什么都过去了，晚上来坐夜的人也走了——我这儿，理所当然地成了"光棍堂"——用现在的话来说叫"单身俱乐部"。有人啥也不为，就是来坐坐，他们往往在我这儿互相说着他们的话，当然，都是闲话——等他们也终于走了，我才能有自己的"家天下"。

当时能够看到的书很少有可以称之为著作的，反正我早已有了有书就看的习惯。《保定日报》有个内部通讯，讲如何写作，算是相当专业的理论书。还有一本讲如何写小评论的书，什么"文似看山不喜平""理直才能气壮"，我作为宝贝送给了一个作文好的学生。称得上著作的有朱可夫的《回忆与反思》，我太无知也便没有感受。

我最骄傲的阅读经历是读《红楼梦》。整套的《红楼梦》是从县城新华书店租的，押金大于定价。贾德才的理解是不还就等于买了，因为根本不卖。这次我通读了，而且把上学时看的评论都忘了，也懒得回忆那些评论了。很难说我读出了多少滋味，没觉得伟大，也没觉得不懂，有时候油灯里没油了，自然作罢；有一次直到天亮，整整一天鼻孔里都是煤油烟、黑黑的。

抽烟喝酒

买酒一度是我小时候的大事，我和二哥连挤带排队，卖酒的则在现场哭喊成一片。我当时在心里发誓将来绝不喝酒。我给父亲的烟是一盒一盒地买，常常晚上人家下班了，敲人家的后门说好听的才能买到一盒烟，我也发誓将来不抽烟。二哥为抽烟挨打，但还是接着抽。我可没有那个经济能力，更没有那个心理承受能力。

那时候，我们的见面礼是先敬烟，不一样的是，你说不抽，他会说"咋了，嫌我的烟赖？"或"看不起我，是不？"而且，我知道有的人装两种烟，自己抽赖的，给你好的。总是拒绝，还咋打成一片呢？我就接了抽，然后不能总白抽人家的，就买了、交流。然后，就一直抽了。而我真正自己想抽烟，是把二哥二姐送到村口，看着他们骑着车子渐行渐远，那口烟抚暖了一点凄凉。

我第一次喝农村那种大酒——不是喝多少，而是凑在一起喝，是在我刚到不久、晚上散了会的时候，贾德才说"咱们喝酒啊。"我说："喝酒影响不好吧？"后来，我们还是喝了。

过冬

最难过的是冬天，尤其是冬夜。怕把水缸冻了，我把它搬到炕上，早晨做饭还得用刀劈冰取水。晚上，我常常赖在贾德才家不走，或跟他一起在煤油灯前看书或谈论《水浒传》，他的一句评语我记到如今：梁山好汉打方腊时，死一个解气一个。

每次从城里回来，我都带够馒头、炸酱啥的。有一次，我扛着自行车踩石过河，石头上有看不见的薄冰，我的疙瘩头棉鞋钉着铁钉子，嗖的一下，站到了水中央；然后蹚过河，跺跺腿脚上的水，继续骑行。到了"家"我也没有多余的鞋、袜、裤，就着火盆烤得没有水，只有潮了，做饭吃。虽然是滴水成冰，我在当时并没有觉得多么冷。

演戏

尽管村里的业余宣传队没有台上三分钟台下三年功的讲究，但排大戏也是很费功夫的，那些人的热情绝不仅仅是来源于对宣传工作的投入，他们别有一种满足，那是他们的精神生活，犹如古代的闹社火、水乡人唱山歌。人才，当然主要是就地取材，但最起码得有个敲鼓拉胡琴的吧，正好一个外村来教书的老师会，也就大过年地跟着这支队伍在指定范围内巡回演出，他因此得了二斤猪肉五斤面，家里过了一个充裕的年。

这个戏班子到别的地方义务演出，这是别的戏班子做不出、不肯做的事。

我在的时候，《红色娘子军》已经是成熟的、到邻村演出过的，《杜鹃山》是新上马的，我的角色是田大江。我跟着收音机学唱腔时反复听过柯香的"你推车他抬轿"，没想到自己成了那个抬轿的。我的台词不多，戏份也很少。一是雷刚打他时，他怒目而"哼"；一是成了杜鹃山的支委围着柯香开会，最后参加战胜毒蛇胆的群打。因为我"木"在台上，雷刚打了我一个耳光，就这样，不但不知道配戏而且不知道躲避的我，响响亮亮地当众挨了一记耳光。

《红色娘子军》的导演嘲笑我们：除了剧中的小石匠眼珠子还转一转，别人连眼珠子都不带转。这当然也包括我们的女主角，她演的是《红色娘子军》中的吴琼花。

我们，不，他们唱的是涞源邦子，一种介乎山西梆子与河北梆子之间的独特的板腔。

民办教师

与民办教师对应的叫公办教师；还有一种教师是"代课教师"。我大姐是公办教师，我二姐当过代课教师，我当过民办教师。

我教初二物理、初一生物、小学三四五年级的算术（复式班），还有以上班级的体育，是标准的副科老师，显然是个万金油。排全校的课表成了高难度作业，因为我教的最杂，学校先排我的。我初次品尝到了管理是需要技术的。教生物有人体解剖，学校负责人专门叮嘱我别发挥，这是我第一次接受教学管理。

我在算术课里还推行了一种俄国的速算法，新鲜了几次，就无疾而终了；体育课主要是领着他们去大场做广播操，村里的大姑娘笑我的腰软得像面条；教过初二的一段初级长拳，他们无兴趣，也半途而废了。初二物理有的问题回答不了，硬撑着解释，看看同学并不关心我的回答，我说好了，同学便喜滋滋拿着书走了。

上大学后在回家的火车上，我碰见一对抱孩子的夫妇："周老师，我是宝贵，这是俺家里，也是你的学生。"我认出来了，眼睛潮了："你们孩子都这么大了？生的时候顺利吗？去医院了吗？""去啥医院呢，咱农村不讲究。"他抽烟的架势和他爹一模一样。我特别想摸摸这个妈妈的头，像教她的时候那样，她的眼神也和我很亲，高矮和当年差不多，但她一张嘴说话就不是当年那个围着头巾跳绳的学生了。

教书未育人

乡村人很尊师重教。大姐教书的那个地方分菜分肉，第一份给老师；唐山大地震那一次他们跑到老师的窗前喊："地动了，地动了。"有一次，粮站挤了一屋子人，一个大婶非要把她买粮仅剩下的一角三分钱给我买烟，我坚决不要，她跟周围并不关心的人解释着："这老师说话可好了。"村里一户人家盖房，把我们七个老师都叫去吃油炸糕，吃糕时我直问这是谁的家长，学生是哪个。

我们七个教师，三女四男。除了两个年龄最大的，我们五个都是永红中学的。最让我吃惊的是那个最年长者，一个非常和善的人，打起学生来却很凶。

校长的年龄排老二，他活得很规矩，有自己的原则，不让人亲近尊重。其余六位老师之间，总是小吵不断。我当时就发现了教师队伍里的一个现象：教学能力差的往往人缘好，有点本事的人往往有个性。

招工走了

我好像从来是个"匆匆逃亡的过客"，这次是自觉惶急地走了。

我到建木厂就是木器社上班后，终于找了个车，把东西从贾德才家拉走。那是个下雨的下午，我给他儿子贾雄鹰买了一个北京孩子才能戴得上的小皮猫头帽子。我的广阔天地是抽烟喝酒地，是既没有教育好学生也没有让自己成长的荒废地。关于我没学了什么好，不能怪别人，也不能怪我自己。

大约是 1985 年，我听说贾德才病了，二哥用摩托带着我去亚庄看望了他一趟。我们在他家吃了顿饭，酒和酒菜是我们自己带的，给了他 40 元钱。这是最后一面了。他的儿子，惯坏了。贾雄鹰的命运，我在后来听说过，不但没有像雄鹰一样翱翔，而且不好得都不忍写出来。

第六章　木器厂

人所拥有的唯一自由便是其无穷想象的自由。

——博尔赫斯《私人藏书》

1977 年 5 月 4 日，我到木器厂报到，填表日期是五一，人们习惯凑个整数。

2008 年夏天，我特意去看了看，这个工厂已经荒芜、废弃，萎缩得只剩下一个高土坡了，门前的大马路已不复存在。30 年了，我当时是十八九的小伙，如今半面没有牙了。

电焊

电焊算是特殊工种了，在人情交往中可以给人家焊个洗脸盆架啥的，当然木工也可以给人家白做个镜框啥的。电焊工是个独立的工种，到了工地也不受大队人马的约束，我只归我师傅一个人管，我骑着自行车去工地有点游山玩水的从容不迫。电焊像任何活计一样，会干容易，干好难。我很快就会用电焊枪点烟了。

预算室

预算，是厂里管理系统的技术"高端"，俗称画图的。

预算室对于我的意义不在白天而在晚上，因为我终于有了宿舍，晚上可以看书；如果师傅不在，可以想看到啥时候是啥时候，而且是白晃晃的电灯了。

师傅嫌我不看业务书，语重心长地说："以后，你多跑工地吧。"他的意思是要认真教我核心技术。

无奈，我不是遛这木头的虫，我不想继承他的衣钵，我想给《保定日报》投稿，我想调到县委宣传部。马老师说："去宣传部？忒没出息了，该去自营部那儿当个开票的。"

投稿

当时，我认为能够在《保定日报》发一篇文章，就是折寿三年也行。最愚蠢的是，我在紧张复习高考的过程中，还煞费苦心地修改了一篇抒情文。我用复写纸一式两份，寄出去便没了音讯，就在旧稿的基础上再改，大约折腾了四五遍。"痴情"之可悲胜过可笑。我在"痴情"之中有功利地想过：文章发表了，能为考大学增砖添瓦。

高考来了

夏天，我们正在抢化肥厂的基建，我这个学徒工本来就没啥活计，因为不能独当一面，也就是拉拉下锯。这时，报纸上公布了当年恢复高考，并且公布了录取的院校名单。那个一同进厂的木工连续看了三夜，他说他只看"大学"不看"学院"，估计想到自己考上的话在那个大学如何风光。他和他弟弟住在文化馆里复习，条件很好了，但是他的"土谷祠畅想曲"想多了，没有转变成能力。他从那年开始连考了七年，最后上了个中技。我从他那里第一次知道了大学和学院的差别。

我没有那么高的奢求，只觉得能够离开涞源就行，只要能上个学就行。我觉得只要能上个全日制的学校，我就能学出个样儿来，哪怕张家口师专、廊坊师专也行。

参加高考辅导班

一中作为最高学府义务为大家辅导，我们挤着听，为照顾各界人士只能晚上进行辅导。来听的人形形色色，一个 40 来岁的农民，上过高小，听得最专注。据说，他年轻的时候真喝过一瓶墨水。

那个只看大学不看学院的老兄从不记笔记，以此显示自己文化水平高。他来不是听讲，而是来寻找优越感的。

我最需要克服的是注意力不集中，听语文、数学、政治那是人满为患，听历史课的人就少了。

我还记得当时发着高烧非要去听数学，结果晕乎乎地去了，更加晕乎乎地回来了。

重新上中学

我学语文本应是强项，但一进入高考系统，我发现处处不顶事。标点符号不过关，汉语拼音不过关，写作文应该最拿手，我让马老师一看，问题都来了：首先是错别字连篇，一些常用的字不是多点什么就是少点什么；其次是病句多，搭配不当得理直气壮；最严重的是缺乏逻辑，句子之间的联系经不起推敲。我仅有的"御用文人"的巧思杂慧被上述疵瑕淹没得一文不值了。

对我刺激最大的是历史,我是看过《三国》《东周列国》《隋唐演义》的,虽然高中时只上过世界古代史,但自信满满。一次,我从工地回来直奔马老师家,他低头吃饭也不理我,我拉开架子想问问题。他问我秦始皇统一中国是哪一年,我一愣,赶紧从裤兜里掏出八分钱买的历史年表,从此开始死记硬背。

我虽然看过老地理课本,但肯定是注意了没用的东西。我死记硬背历史还能调用感情,地理则完全无情无义。我还请假去听过一次地理课,但是真能体会到没有能力的痛苦。果然,我的高考地理成绩刚好不及格。

我下功夫大又最见成效的是数学。我认为数学虽不能动用感情,但数学最讲理。我舅姥姥说过:"亮儿最讲理。"

我们上的中学不以高考为作战目标,现在有了高考了,连老师带同学都不知道怎么对付。

考试就是要脱层皮。脱胎换骨要靠有感情的学习。教育是改变感性的,可是学生只有进了学堂才能持续接受教育。

拿到入学通知

1978 年 9 月 23 日,一个下雨的天气,我可能是外出别的工地了,没有去厂里。我们正在吃晚饭的时候,住隔壁院子的同事给我拿来录取通知书。他是我的小学同学,初中毕业就上了班,我是学徒工,他是二级工。他期待看到我惊喜的表情,也为我高兴。他当然不爱学习,但知道上大学是很光荣的事。我一看是河北师院,内心没有激动，尽管曾经想过师专也去。我学预算的师傅也很失望："师范啊，还文科，你不是说你物理学得不错嘛。咋不考地质学院？宣化不是有个地质学院吗？"

这种失望情绪是普遍的，人们求全责备的心理是啥也不为的。一个将来出来教书的人还不如一个建木厂的经理有用。没有一个人觉得我这回可以凤凰涅槃或者脱胎换骨了。我没有听到任何一个人从精神成长角度祝贺我的。我的考试经历赢得人们好评乃至光宗耀祖是我考上研究生的时候，1982 年涞源人只出了四个研究生，所以上了《涞源县志》。

念师范还有一个好处就是管饭，18 块 5 角的伙食标准。过后许多年我才知道：师范类提前录取。

沉重的翅膀

我的大学没有上好，因为我总是浮光掠影地上着，总是"生活在别处"，总是两面二舌、五心六意。也因此可以说，我能够浮光掠影地上学算有出息，没有给淤住，有能力浮出来；但浮光掠影的性格却也能让自己的努力打了水漂。

自喜的人会说"不容易啊不容易"，自虐的人也会说"不容易啊不容易"，但感受和味道是大相径庭的。我，没有我的大学毕业的兴奋，也没有即将入河北师院的紧张，都没有。我觉得没有啥容易不容易，日子都是一天天过。我去宣化上学，就是带着一捆行李上火车。

离开了涞源这个大院子，到了河北师范学院，还是院子，而且我们的驻地叫文史村。

余　韵

梦里套梦，组成了一套镜子。

——博尔赫斯《私人藏书》

李叔同自封"二一老人"（一事无成人渐老，一钱不值何消说）是谦抑的自伤自励，我说我幸运是感恩，我说我"自负"是自己辜负自己的意思。

幸运与啥也不是都有点"苟"的意思。不幸的时候能苟安，赶上点啥了又能苟且。

人们依恋家园是生命归属感的需要。背井离乡、有家难回是品牌化了的悲情。我说的家不是这些，这些也不用我说。我说的家，与其说是归属，不如说是归类，譬如"作家""艺术家"。

外国的这个"家"那个"家"的都有一个共性："极度"；中国则似乎都讲究个"适度"。我到现在还拿不准适度与"苟"之间的微妙的"度"。

我是个城里的乡下人、乡下的城里人，在亚庄是这样，在石家庄是这样，到了北京定福庄还是这样。我号称自己是城里人包含着优越的自卑，号称自己是乡下人又有着变态的自尊。这样说不是委婉的自恋，而是我绝望的自省；再这样活一遍连今天的格局也没有，因为社会已进步到不能用外语和电脑办公就是文盲的时代，我只能在旧式工厂当个"看南门"的了。

我永远是在新时代里当然的旧人。我总是一大片外面的零余者、划时代的落伍人，我流浪没有胆量，漂泊没有性灵，创作没有激情，治学没有根本，当多余人没有贵族底蕴；说白活了吧还挺幸运，说幸运吧却一事无成。

因为我是个好好学习却不能保证天天向上的"学生"，我中规不中矩，也不太想中规中矩，明知道那样能够事半功倍也还是懒，天性不成材。我只是个永远酷爱看"课外书"（入了大学以后便是指非专业的书）的业余爱好者，"学养"二字对我而言，更像是碗羊杂汤。

因此：

我是酸人中的粗人、粗人中的细人；

我是学问家中的文人、文人中的学问家；

我是成功人士中的失败者、失败者中的成功人士；

我是个没学问的学究、不会作诗的诗人——湿人，一辈子潮乎乎的人。

这是不是因为我不能"极限生存"，总在适度地"苟"着？

为什么总"苟"着？因为没有个性、没有灵魂、没有精神。之所以没有这三样，是因为我从来不敢脱离现实，更别说超越现实了。

不确定和不断更新是生长的必要条件。我之所以"苟"，是因为没有"日新、日日新"。

我一直在犯同一种错误："多愁善感的错误"（茨威格），从而显得没有力量、没有能力、没有意志，还一直不愿意着，却也没有不愿意的意志。

但我终身厌恶"强横"，在同学们崇拜尼采的时代，我也觉得他那权力意志恶乎乎的，也觉得不高明。后来，听见一个学者对比权力意志与中国小人的标准条条相合，我不禁哈哈大笑。

我苟且中的一点坚持，且苟中不悔的是：也许善良不是最高价值，但有的人因为不善良已经不像人样了。所以，宁肯窝囊，也要善良。所有的人文精神都坚持着一种"柔软学"立场，没有了这柔软的底线，人世间就是动物世界。我的这个"苟"里有不忍，有牵挂，有情多伤人且自伤的无奈。治疗这个"苟"的只有冷断。但冷断是无情觉悟，不算本事，当然，"苟"也肯定不是什么有情觉悟的法门，只是隐隐之中有朋侣善缘的张力，有有情觉悟的机会。这就要看苟的方向和内容。

所以，我需要突破这种小尺码的"院子"，需要孟子说的扩充善根的那种扩充，从而修悟出王阳明指引的无善无恶的心本体，从而彻底地变成一个不是莫尔索（加缪《局外人》）那号局外人的局外人，也不是巴扎罗夫（屠格涅夫《前夜》）那样的多余人。大概，走出"院子"，我需要经历一个灵魂旷野化的过程吧。

我也知道对于"苟"来说，这个突破，也必将是苟突且破，只要不是徒劳的狼奔豕突就好。狼奔豕突的滑稽在于重复，低水平下旋的重复，世世代代的白折腾。

尼采疯了就疯了，"老例依然是老例"（鲁迅），人人接着拿自己做填空练习。这个空便是《易》之"坤"，便是《老子》之"玄牝"，便是"存在与虚无"之虚无。

还是鲁迅真深切："去吧《野草》，连同我的题辞。"我来句无厘头的译释便是：还有啥好说的呢？——对不起了，先生。道，就算是鲁迅他老人家说的那人走多了就成了的"路"吧。

路，旷野上的拓荒行，留下来的叫痕迹。

我的路，我的痕迹，还有我没有写到的、没有写出来的，不多不少。那个"好"也许在前头，为了这个"好"，我便一路"苟"着，如果我将来成了什么大师，也许会是"苟学"大师吧。

偷得 51 岁生日前